VENTE

AUX ENCHÈRES PUBLIQUES

HOTEL DROUOT — SALLE Nº 12

Le Lundi 30 Décembre 1912

A DEUX HEURES

AMEUBLEMENTS DE SALONS

Salles à Manger, Chambres à coucher

en noyer sculpté de Style Louis XV et Louis XVI

MEUBLES & SIÈGES DE FANTAISIE

Piano droit

Bronzes d'Art et d'Ameublement

PORCELAINES, FAIENCES, OBJÊTS DE VITRINE

SCULPTURES

ÉTOFFES, BRODERIES, FILETS, TAPIS, TENTURES

MEUBLES COURANTS

Mᵉ Gaston FRANÇOIS, Commissaire-Priseur à Paris

23, Rue Le Peletier, 23

EXPOSITION PUBLIQUE

Le Dimanche 29 Décembre 1912, de 2 heures à 6 heures

IMPRIMERIE ARTISTIQUE
C. CHAUFOUR
PARIS

CONDITIONS DE LA VENTE

La vente sera faite au comptant.

Les acquéreurs paieront *dix pour cent* en sus des enchères.

L'exposition mettant le public à même de se rendre compte de l'état et de la nature des tableaux, aucune réclamation ne sera admise une fois l'adjudication prononcée.

DÉSIGNATION

GRAVURES, PASTELS, TABLEAUX

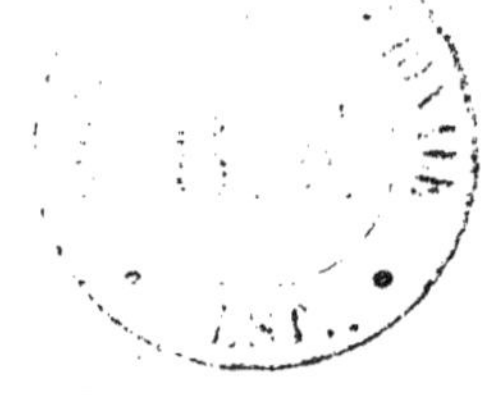

1 — Vacances et récréation.
>   Deux gravures.

2 — Aventure de Henri IV et du capitaine Michau.
>   Gravure en noir.

3 — L'Avalanche et l'Agonie.
>   Deux gravures en noir.

FRAGONARD (D'après)

4 — Le Baiser.
>   Gravure en noir.
>   Cadre en bois sculpté doré.

VERNET (D'après Horace)

5 — Le Trompette.

Gravure en couleur.

6 — Sous Bois.

Fusain.

GREUZE (Genre de)

7 — Duchesse de Parme.

Pastel ovale.

ÉCOLE FRANÇAISE

8 — Contrebandier.

Toile.

9 — Petit Garçon.

Toile.
Cadre ovale sculpté.

ÉCOLE MODERNE

10 — Quatre petits panneaux peints dans un cadre.

11 — Tête de femme.

Toile.

12 — Danseuse.

13 — Paysages italiens.

Deux pastels.

14 — Paysages italiens.

Deux pastels.

LAZARESCO

15 — Parc.

Toile.

16 — Parc.

Toile.

17 — Femme nue dans l'arène.

Toile.

18 — Intérieur de parc.

Toile.

19 — Le Décavé.

Toile.

20-21 — Dix tableaux : Paysages, natures mortes, etc.

Sera divisé.

30-31 — Quatre pièces encadrées.

PORCELAINES, FAIENCES

OBJETS DE VITRINE, BIBELOTS, ETC.

32 — Tasse et soucoupe en porcelaine de Dresde.

33 — Cinq tasses et leurs soucoupes en porcelaine de Chine, décors rouges.

34-35 — Trois pots à couvercle en porcelaine de Chine, à décor de fleurs et personnages.

36 — Service à dessert en porcelaine blanche filets or, composé de vingt-quatre assiettes, une jatte, deux compotiers, deux assiettes à gâteaux.

37 — Service à café en porcelaine décorée.

38 — Service à thé en porcelaine décorée.

39 — Service de table en faïence.

40 — Service de table porcelaine décorée.

41 — Service à dessert porcelaine décorée.

42 — Service à café porcelaine décorée.

43 — Service à thé porcelaine décorée.

44 — Deux vases à long col à réserves jaunes et bleu
turquoise.

45 — Pot à lait et une soucoupe faïence persane.

46 — Gourde en verre.

47 à 50 — Lot verrerie, service à vin, bière, etc.
Sera divisé.

51 à 55 — Lot objets d'étagère, bibelots, etc.
Sera divisé.

56 — Vase à deux anses en porcelaine de Gien.

57 — Deux vases en Satzuma, monture bronze, montés
en lampe.

58 — Deux vases.

59 — Jardinière faïence rouge et or.

60 — Quinze pièces bibelots d'étagère.
Sera divisé.

61 — Huit assiettes ou plats décoratifs.
Sera divisé.

62 — Quatre assiettes faïence, monture métal.

63 — Douze bibelots de vitrine en porcelaine.
Sera divisé.

64 — Statuette en composition : La Navigation.

65 — Quatre vases verre décoré.

66 — Statuette de femme en marbre. Signé : J. CAUSSE.

67 — Buste de femme en marbre. xviiie siècle.

68 — Buste de femme en marbre.

69 — Pendulette avec sujet amour, en composition.

70 à 78 — Dix pièces : Armes, sabres, couteaux, pistolets, etc.

        Sera divisé.

79-80 — Huit vitraux.

81 — Petit plafonnier électrique.

82 — Petite lampe portative en cuivre montée à l'électricité.

83 — Deux lampes portatives en cuivre, montées à l'électricité (abat-jour vert).

84 — Lustre rond en bronze doré à trois lumières, de style Louis XV, monté à l'électricité.

85 — Plafonnier électrique avec cristaux.

86 — Deux appareils d'éclairage.

MEUBLES ET SIÈGES

87 — Piano droit de Lépicié.

88 — Ameublement de salle à manger en noyer ciré, de style Renaissance, composé d'un buffet à deux corps, une table et six chaises.

89 — Desserte en chêne et dessus de marbre.

90 — Table-bureau en chêne.

91 — Deux chaises garnies velours rouge.

92 — Chaise longue garnie en panne.

93 — Ameublement de salle à manger en noyer ciré, de style Henri II.

94 — Salle à manger en noyer ciré de style Renaissance.

95 — Chambre à coucher en noyer sculpté de style Louis XVI, composée d'une armoire à glace à deux portes, table de nuit, lit et sommier.

96 — Chambre à coucher en noyer ciré, composée d'une armoire à glace, table de nuit, lit et sommier.

97 — Chambre à coucher en noyer.

98 — Meuble de salon en noyer sculpté de style Louis XV composé de : un canapé, deux fauteuils, deux chaises, couverts de tissu à fleurs.

99 — Bureau-ministre en noyer.

100 — Bureau dos d'âne en acajou.

101 — Fauteuil de bureau bais courbé.

102 — Deux fauteuils et deux chaises bois courbé.

103 — Porte-manteaux en noyer ciré.

104 — Banquette en noyer ciré.

105 — Table gigogne en noyer.

106 — Petite étagère.

107 — Petite coiffeuse avec glace noyer ciré.

108 — Deux chaises garnies panne rouge.

109 — Vitrine façon acajou garnie de bronzes.

110 — Petite étagère de coin.

111 — Sellette en noyer sculpté.

112 — Ecran en noyer sculpté de style Louis XV.

113 — Petit guéridon noyer marqueté de style Louis XV.

114 — Grand canapé à haut dossier couvert d'étoffe à fleurs.

115 — Armoire normande.

116 — Table à jeux acajou.

117 — Table-bouillotte acajou.

118 — Secrétaire acajou.

119 — Commode acajou.

120 à 130 — Commodes, tables, chaises, guéridons, secrétaire, etc.
Sera divisé.

131 — Buffet, table et deux chaises de cuisine.
Sera divisé.

132 — Glace.

133 — Bidet.

133 *bis* — Baignoire et chauffe-bain.

CHALES, TENTURES, RIDEAUX

TAPIS, ETC.

134 — Châle des Indes fond rouge.

135-136 — Deux châles, dessins polychromes.

137 à 142 — Six dessus de lit filet et broderie.
Sera divisé.

143 à 148 — Six bandeaux de filet et broderie.
Sera divisé.

149 à 154 — Six bandeaux de filet et broderie.
Sera divisé.

155 — Portière peluche rouge à franges.

156 — Deux tentures persanes en ottoman.

157 — Doubles rideaux roses à rayures.

158 — Doubles rideaux.

159 — Doubles rideaux.

160 — Rideaux de vitrage.

161 — Deux descentes de lit.

162 — Deux descentes de lit à fleurs.

163 — Bandeau velours rouge.

164 à 176 — Trente pièces étoffes broderie, petits tapis, coussins, etc.

Sera divisé.

177 à 190 — Vingt pièces étoffes lamées or et argent.
Sera divisé.

191 à 210 — Trente et une pièces étoffes persane.
Sera divisé.

211 — Tapis persan, fond rouge, bordure bleue.

212 — Tapis d'Orient, à dessins polychromes.

213 — Grand tapis Smyrne, fond rouge, médaillon multicolore.

214 — Grand tapis Smyrne, fond rouge, fleurs bleues et vertes.

215 — Grand tapis d'Orient, fond crème, dessins à fleurs.

216 — Tapis de prière.

217 — Tapis de prière.

218 — Tapis chemin.

LITERIE, VAISSELLE, VERRERIE

USTENSILES

DE CUISINE ET DE MÉNAGE

219 — Matelas, traversin, oreillers.

220 — Matelas, traversin, oreillers.

221 — Matelas, traversin, oreillers.

222 — Matelas, traversin, oreillers.

223 — Matelas, travsrsin, oreillers.

224 — Matelas, traversin, oreillers.

225 — Six casseroles en cuivres.

226 — Lot batterie de cuisine.

227 — Lot de vaisselle dépareillée.

228 — Lot verrerie.

229 — Lot verrerie.

230 à 235 — Lot batterie de cuisine en cuivre.
Sera divisé.

236 à 240 — Lot batterie de cuisine fer blanc et fer battu.
Sera divisé.

241 — Objets omis.

www.ingramcontent.com/pod-product-compliance
Lightning Source LLC
LaVergne TN
LVHW010306190726
843502LV00014B/2663